...GE APPROUVÉ ET RECOMMANDÉ
...SEIGNEUR L'ARCHEVÊQUE DE PARIS.

LES PETITS LIVRES DE M. LE CURÉ,

Bibliothèque du Presbytère, de la Famille et des Écoles.

HISTOIRE
DE LA SAINTE BIBLE,
CONTENANT
L'ANCIEN ET LE NOUVEAU TESTAMENT.

Ancien Testament.

Première   Partie.

PARIS.
Paul Mellier, édit., place St-André, 11.

LES
PETITS LIVRES DE M. LE CURÉ,

BIBLIOTHÈQUE
du Presbytère, de la Famille et des Écoles.

❖

HISTOIRE
DE LA SAINTE BIBLE,

CONTENANT

L'ANCIEN ET LE NOUVEAU TESTAMENT.

◎

Ancien Testament,

PREMIÈRE PARTIE.

PARIS.

CHEZ AUBERT ET Cⁱᵉ, ÉDITEURS,
PLACE DE LA BOURSE.
1843

IMPRIME PAR BÉTHUNE ET PLON, A PARIS.

HISTOIRE

DE L'ANCIEN TESTAMENT.

Dieu existe par lui-même ; il est éternel. Mais il en est autrement de la terre et des cieux. L'Écriture-Sainte nous apprend que Dieu les créa, c'est-à-dire qu'il les tira de rien, en six jours. La lumière fut l'œuvre du premier jour ; le firmament, celle du second jour. Au troisième jour, les eaux dont la terre était couverte, furent réunies dans un même lieu et formèrent la mer, les fleuves et les rivières : Dieu créa encore, le même jour, les plantes et les arbres. Le quatrième jour, les grands corps lumineux qui brillent dans la voûte céleste reçurent leur éclat et leur mouvement. Au cinquième jour, la terre, l'air et les eaux furent peuplés d'animaux. Ce fut le sixième jour que l'homme fut créé pour dominer sur la créature.

Pour tirer les autres créatures du néant, Dieu se contenta d'exprimer sa volonté, en disant : qu'elles soient. Mais pour créer l'homme auquel il donna l'immortalité, il y mit plus de solennité. Faisons-le, dit-il, à notre image et à notre ressemblance. Ensuite il en forma le corps avec du limon de la terre, et il anima ce corps par une âme raisonnable.

LE PARADIS TERRESTRE. — Dès le commencement, le Seigneur avait planté un jardin délicieux dans lequel il plaça l'homme. Ce jardin se nommait Éden, lieu de délices. De beaux arbres chargés d'excellents fruits charmaient les yeux. Dieu avait fait à l'homme ce commandement : « Mange du fruit de tous les arbres qui sont dans le paradis, mais garde-toi de toucher à l'arbre de la science du bien et du mal : car le jour où tu y toucheras, tu mourras. »

Dieu voulut donner à notre premier père une compagne : il lui envoya un profond sommeil, et pendant qu'il dormait, il lui arracha une de ses côtes dont il forma la femme.

Ève, en parcourant le jardin de l'Éden, était arrivée auprès de l'arbre de la science du bien et du mal. Elle ne pouvait se rassasier de contempler la beauté du fruit auquel il leur avait été défendu de toucher. Habile à profiter de cette faiblesse, celui qui est notre ennemi dès le commencement, s'approche de la femme, sous la forme d'une couleuvre. — Pourquoi ne touchez-vous pas à ce fruit dont l'aspect est si délectable? lui dit-il. — C'est que le Seigneur nous l'a défendu sous peine de mort. — Vous ne mourrez pas, répliqua le plus rusé de tous les animaux ; mais l'Éternel sait bien que si vous touchiez au fruit de cet arbre, vos yeux s'ouvriraient à la lumière et que vous seriez comme des dieux, sachant le bien et le mal. Cette parole d'orgueil fixa les irrésolutions de notre mère, elle succomba, et cueillant le fruit céleste, elle en offrit à l'homme qui l'accepta. Aussitôt, un voile épais sembla se déchirer de dessus leurs yeux, tout leur être fut bouleversé : ils se cachèrent sous les arbres les plus épais, comme pour s'éviter eux-mêmes. Mais c'est surtout quand ils entendirent la voix de l'Éternel qu'un sentiment de terreur pénétra dans leurs âmes. Il fallut pourtant paraître devant lui et entendre l'arrêt irrévocable de leur destinée : Que le serpent séducteur soit maudit, c'est l'ennemi de la femme, qui un jour écrasera sa tête. Toi, femme, tu vivras en butte à une foule de maux. Toi, homme, tu n'obtiendras qu'à force de travail les fruits de la terre, qui ne te produira souvent que des ronces. Ton pain sera baigné de la sueur de ton front, jusqu'à ce que tu rentres dans cette terre d'où tu as été tiré, car tu n'es que poussière et tu redeviendras poussière. Après cette terrible sentence, l'homme et la femme ayant reçu des mains du Créateur des tuniques de peau, furent chassés du jardin des délices : et Dieu plaça à la porte des Chérubins armés d'épées flamboyantes, qui en défendaient l'entrée.

MEURTRE D'ABEL. — Un des premiers effets du péché d'Adam fut un fratricide. Caïn et Abel, son frère, offraient au Seigneur des sacrifices. Le premier, qui s'adonnait à la culture de la terre, offrait les fruits de son travail ; Abel, qui vaquait aux soins des troupeaux, offrait ce qu'il avait de plus gras et de plus vigoureux dans son bercail. Dieu, qui regarde surtout le cœur de celui qui sacrifie, reçut favorablement les offrandes d'Abel. Il n'en fallut pas davantage pour allumer la haine dans le cœur de Caïn. Après une lutte terrible entre sa conscience et ses passions mauvaises, il va trouver son frère Abel, l'entraîne avec lui dans la campagne, et là l'immole à sa fureur.

Après ce fratricide, Caïn cherche à fuir ; il voudrait s'éviter lui-même, mais une voix tonnante l'arrête : « Qu'est devenu ton frère Abel ? — Je l'ignore ; étais-je son gardien ? — Qu'as-tu fait de ton frère Abel ? Son sang s'élève de

la terre et crie contre toi , et maintenant tu se-
ràs maudit sur la terre qui s'est entr'ouverte

pour boire le sang de ton frère que ta main a
répandu ; tu travailleras , et elle te refusera ses
fruits : tu seras errant et vagabond sur toute sa
surface. » A ces paroles terribles, Caïn trem-
ble et va se livrer au désespoir. Il répondit
au Seigneur : « Mon iniquité est trop grande
pour pouvoir en obtenir le pardon : vous me
chassez aujourd'hui ; je serai fugitif et vagabond

sur la terre; quiconque donc me rencontrera pourra me tuer. — Il n'en sera point ainsi, réplique le Seigneur; mais celui qui tuera Caïn sera puni sept fois davantage. Montrant par là que nul n'a le droit de s'arroger la vengeance et d'arracher de sa propre autorité un coupable ; à la justice seule appartient de le punir. Or, le Seigneur marqua Caïn d'un signe pour que personne ne le tuât.

Noé, l'Arche, le Déluge. — Le genre humain s'était multiplié, et il était en proie à la plus effroyable corruption. Le Seigneur se repentit bientôt d'avoir créé l'homme; il résolut de l'exterminer et d'étendre sa vengeance aux animaux, aux reptiles et aux oiseaux du ciel qui devaient tous partager le sort de l'homme. Il accorda au monde cent vingt ans pour fléchir sa colère et retourner à lui, mais le monde continua de renier son Dieu, le moment n'était pas loin où Dieu le renierait à son tour. Noé seul et sa famille, c'est-à-dire huit personnes, trouvèrent grâce à ses yeux ; Dieu dit à Noé : « J'ai résolu d'exterminer tous les hommes avec tout ce qui vit sur la terre. Mais pour vous, je vous sauverai : faites-vous un grand vaisseau de la figure d'une arche qui ait en longueur trois cents coudées, en largeur cinquante et en hauteur trente, dans lequel vous entrerez vous, votre femme, vos enfants et les femmes de vos enfants. Vous ferez entrer aussi des animaux de toute espèce, mâles et femelles. Vous prendrez aussi avec vous de tout ce qui peut se manger, et vous l'apporterez dans l'arche pour servir à votre nourriture et à celle des animaux.

Noé exécuta ponctuellement les ordres que le Seigneur lui avait donnés. Quand l'arche fut construite, le patriarche y renferma de toutes bêtes pures, sept de chaque espèce, et de celles qui sont reconnues comme impures un couple seulement. Il employa six jours à cette opération, et le septième il entra dans l'arche avec sa famille.

Après donc que les sept jours accordés par le Seigneur furent passés, l'an 600 de la vie de Noé, du monde 1556, le premier jour du second mois de l'année, qui commençait alors en automne, Dieu souleva le bassin des mers, qui, franchissant leurs rivages, entraînèrent les eaux de leurs gouffres; les cataractes du ciel furent ouvertes, il tomba des torrents de pluie pendant quarante jours et quarante nuits. Les flots atteignirent enfin les plus hautes montagnes et dépassèrent de

quinze coudées (1) le point le plus élevé de la
terre.

Toutes les créatures qui étaient sur la terre,
depuis l'homme jusqu'aux bêtes, périrent : il
ne demeura que Noé seul et ceux qui étaient
avec lui dans l'arche.

Dieu ayant accompli sa vengeance, ordonna
aux mers de rentrer dans l'abîme, et retint les
pluies du ciel : un vent passa sur la terre, et

(1) La coudée valait à peu près 50 centimètres.

les eaux commencèrent à se retirer; au bout de cent cinquante jours elles diminuèrent sensiblement, et l'arche s'arrêta sur le mont Ararat, en Arménie; le premier jour du dixième mois qui revient au mois de juillet, le sommet des montagnes se laissa apercevoir. Quarante jours après, Noé ouvrit une fenêtre de l'arche et fit sortir le corbeau qui, n'osant s'embarquer sur cette mer sans rivage, allait et venait, attendant que les eaux se fussent retirées. Noé mit aussi une colombe en liberté, mais la colombe fatigua inutilement ses ailes sur ces ondes sans fin, elle revint près de Noé qui tendit sa main et la reprit. Sept jours plus tard, il la fit sortir une seconde fois de l'arche, et le soir elle rentra, tenant dans son bec un rameau d'olivier. Le patriarche reconnut à ce signe que les eaux s'étaient retirées; néanmoins il attendit sept jours encore, et lâcha une seconde fois la colombe qui ne reparut plus.

Noé, après qu'il eut reçu un ordre formel de Dieu, sortit de l'arche, lui, sa femme et ses enfants, et tout ce qui y était enfermé, un an après y être entré. Son premier soin fut d'élever un autel à l'Éternel, et de lui offrir des sacrifices. Cette oblation fut si agréable à Dieu qu'il résolut de ne plus maudire la terre à l'occasion des hommes ; mais tant qu'elle durera, dit-il, les semailles et les moissons, le froid et le chaud, l'été et l'hiver, le jour et la nuit, ne cesseront point. L'Éternel dit encore à Noé et à ses fils : J'établis mon alliance avec vous, et avec votre postérité après vous, aussi bien qu'avec les animaux de la terre. Je mettrai mon arc dans la nuée, comme signe de l'alliance que je viens de contracter avec vous et toute âme vivante dans la suite de toutes les races. Lorsque le ciel sera couvert de nuages et que la pluie tombera sur la terre, je verrai mon arc dans les nues et je me souviendrai de l'alliance perpétuelle qui est entre moi et l'homme.

CHAM MAUDIT DE SON PÈRE. — Quelques années après le déluge, Noé, qui cultivait la terre, planta la vigne ; mais quand il eut goûté de son fruit dont il ne connaissait pas encore assez la vertu, il s'endormit dans sa tente et se découvrit. Cham, son second fils, l'aperçut dans cet état et le railla ; il sortit et courut prévenir ses frères, qui, loin d'imiter son irrévérence, s'approchèrent respectueusement de Noé et voilèrent d'un manteau la nudité de leur père. Le patriarche, instruit à son réveil de la conduite de ses enfants, maudit Cham ; il prédit qu'il serait éternellement le serviteur des serviteurs de ses frères ; il bénit Sem et Japhet, leur promettant une longue et heureuse postérité. Dans cette malédiction et dans cette bénédiction de Noé est le germe de cette loi sainte : *Honore ton père et ta mère afin que tes jours soient longs sur la terre et par delà la terre que ton Dieu t'a donnée.*

Noé mourut à l'âge de 950 ans. Il ne laissa que trois fils, qui repeuplèrent le monde.

LA TOUR DE BABEL. — Les descendants de Noé commençant à se multiplier sur la terre, se séparèrent pour aller habiter diverses contrées ; mais auparavant l'esprit de l'orgueil souffla sur eux. Ils se dirent : « Faisons-nous une ville et une tour dont le sommet atteigne jusqu'au ciel, et rendons notre nom célèbre avant de nous disperser sur toute la terre. » Et la postérité de Cham, unie à celle de Japhet, commença cette œuvre gigantesque et la continua pendant vingt-deux ans. Ce dessein extravagant avait deux causes également vaines : l'une, d'éterniser le nom des fondateurs par un édifice superbe, et l'autre de se défendre contre Dieu même, s'il voulait encore punir le monde par un déluge. Mais l'Éternel, irrité de l'orgueil des travailleurs, voulut que tout ce peuple ne pût plus se comprendre, et il jeta la confusion dans leur langage. C'est ce qui donna lieu d'appeler cette tour la *Tour de Babel,* c'est-à-dire de confusion. Cet ouvrage resta inachevé, et les descendants de Noé se dispersèrent sans avoir achevé leur œuvre d'orgueil.

VOCATION D'ABRAHAM. — Plus de dix siècles s'étaient écoulés depuis le déluge; déjà presque toutes les nations avaient oublié le vrai Dieu pour offrir leurs hommages à des idoles, lorsque Dieu, dans les profonds décrets de sa Providence, résolut de choisir un juste qui conservât son saint culte dans toute sa pureté. Abraham, le deuxième des patriarches descendus de Sem en ligne directe, fut ce juste qui mérita de fixer les regards du Seigneur. Il était fixé dans la ville d'Haraun en Mésopotamie lorsque Dieu lui ordonna de quitter son pays et de venir dans la terre qu'il lui montrerait. « Je ferai sortir de toi un grand peuple, ajouta le Seigneur; je te bénirai, je rendrai ton nom célèbre, et tous les peuples seront bénis en toi. » C'est ce qu'on appelle la vocation d'Abraham.

Abraham était sans héritier. Il emmena avec lui Sara, sa femme, et Loth, son neveu.

Arrivé dans la terre de Chanaan dans un lieu appelé Sichem, le Seigneur se fit de nouveau entendre au saint patriarche, et lui dit : « Je donnerai ce pays à ta postérité. » Abraham dressa en ce lieu un autel au vrai Dieu qui lui était apparu.

Bientôt la famine qui se fit sentir obligea Abraham à se rendre en Égypte avec Sara. La barbarie des mœurs d'Orient motiva et justifia la ruse qu'employa Abraham : le patriarche jugea prudent de faire passer Sara pour sa sœur. Le peuple admira la beauté de Sara, et les grands d'Égypte en parlèrent à Pharaon, qui la fit venir dans son palais et fit du bien à Abraham à cause d'elle; et il eut des brebis, des bœufs et des ânes, des serviteurs et des servantes; mais le Seigneur frappa de très-grandes plaies Pharaon, qui finit par découvrir que Sara était la femme de l'étranger; il la lui rendit aussitôt, en se plaignant seulement qu'il ne le lui eût pas dit d'abord. Enfin il donna ordre à ses gens de prendre soin d'Abraham, et ils le conduisirent hors de l'Égypte, lui, sa femme et tout ce qu'elle possédait.

LOTH SE SÉPARE D'ABRAHAM. — D'Égypte, Abraham revint avec son neveu Loth dans le pays de Chanaan, aux mêmes lieux qu'ils avaient déjà habités, où était l'autel que le patriarche avait bâti au commencement. Là, il invoqua le nom du Seigneur. Bientôt la suite et les trou-

peaux d'Abraham et de son neveu devinrent trop
considérables pour que le canton pût fournir à
leur subsistance ; une querelle s'engagea entre
les pasteurs des deux patriarches. Abraham dit à
Loth : « Qu'il n'y ait point, je vous prie, de que-
relles entre vous et moi, entre vos pasteurs et les
miens. Vous voyez tout ce pays fertile qui est
devant vous ; choisissez le côté qui vous con-
viendra le mieux, et je passerai du côté opposé. » Loth, fixant avec complaisance ses yeux
sur la riche vallée de Sodome, arrosée par les
eaux du Jourdain , alla l'habiter. Abraham se
retira à Mambré, dans un lieu couvert de bois.
Il y dressa un autel au Seigneur, qui renouvela
son alliance avec lui et lui promit que sa postérité se multiplierait comme la poussière de la
terre.

La vie pastorale d'Abraham ne fut pourtant
pas exempte de travaux et de dangers. Quatre
rois s'étant ligués et ayant ravagé les environs
de Sodome, le roi de Sodome et ceux des quatre villes voisines s'unirent ensemble pour re-
pousser l'agression ; mais les cinq rois furent
battus par les quatre princes, et le roi de Sodome prit la fuite avec ses alliés. Les vainqueurs
pénétrèrent dans Sodome, firent un riche butin,
et au nombre des captifs qu'ils emmenèrent se

trouva Loth. A cette nouvelle, Abraham rassemble ses plus braves serviteurs au nombre de trois cent dix-huit, les joint à ceux de ses voisins, et, divisant cette troupe en deux corps, profite de la nuit pour fondre sur les ennemis, les met en déroute, reprend tout le butin et ramène Loth avec tous les captifs. Les rois de Sodome et de Salem viennent auprès d'Abraham pour remercier en lui le libérateur de leurs sujets. Abraham offrit la dîme du butin à Melchisédech, roi de Salem, prêtre du Très-Haut et adorateur du vrai Dieu.

FUITE D'AGAR. — Sara, épouse d'Abraham, était depuis long-temps frappée de stérilité, et l'Éternel avait déjà répété trois fois à son serviteur cette promesse : Tu seras le père d'un grand peuple, et je multiplierai tes descendants comme les étoiles du ciel. Désolée de son malheur, elle dit un jour à son mari de prendre Agar, son esclave, pour sa femme. Abraham comprit que Sara avait été poussée à cette proposition par un instinct tout particulier de Dieu. Agar conçut ; mais elle en devint si fière qu'elle osa mépriser sa maîtresse. Sara en fit aussitôt ses plaintes à Abraham qui lui permit de la traiter comme il lui conviendrait. La servante orgueilleuse, humiliée par sa maîtresse, fut obligée de quitter la maison, où elle rentra bientôt, après avoir fait ses soumissions par le conseil d'un ange qui lui apparut dans le désert.

NAISSANCE D'ISAAC. — Agar donna bientôt à Abraham un fils qui fut nommé Ismaël. Sara avait perdu tout espoir de devenir mère ; enfin le saint patriarche eut une nouvelle vision. Dieu lui promit que Sara aurait un fils qu'il comble-rait de toutes ses bénédictions, et duquel sor-tiraient plusieurs rois et plusieurs peuples.

Abraham se prosterna et rit en disant au fond de son cœur : — Un homme de cent ans aurait-il donc un fils, et Sara enfantera-t-elle à quatre-vingt-dix ans ? — Seigneur, dit-il ensuite, con-serve seulement la vie à mon fils Ismaël. — Tu es exaucé, lui dit l'Éternel; Ismaël vivra, je le bénirai, et il sera le père d'un grand peuple ; mais ta femme Sara te donnera un fils que tu nommeras Isaac, et je ferai un pacte éternel avec lui et sa postérité; l'alliance que je fais avec toi s'établira dans Isaac que Sara enfantera dans un an, à pareille époque.

Abraham habitait la vallée de Mambré. Un jour qu'il était assis vers l'heure de midi sur la porte de sa tente, il aperçut trois voyageurs ; aussitôt il alla à leur rencontre pour leur pro-poser l'hospitalité; il les plaça sous un grand

chêne et leur fit servir un ragoût de veau ten-
dre, du beurre, du lait et des gâteaux préparés
par sa femme elle-même. Dans leur entretien
avec leur hôte, un des étrangers (qui étaient
des anges sous une figure humaine), ayant
écouté le sujet de sa peine, lui donna des conso-
lations au nom de l'Éternel, et l'assurance que
l'année ne se passerait pas sans qu'il eût obtenu
le fils tant désiré. Sara l'entendit et ne put s'empêcher d'en rire ; mais l'ange ayant demandé à
Abraham pourquoi Sara riait quand on lui pro-
mettait un fils, et s'il y avait quelque chose qui
fût difficile à Dieu, Sara tout effrayée dit qu'elle
n'avait pas ri. Les anges, l'ayant reprise comme
n'ayant pas dit la vérité, s'en allèrent, et Abraham les reconduisit.

À la fin de l'année fixée par le Seigneur,
Sara mit au monde Isaac, nom qui signifie *sou-*
rire. Cet enfant de bénédiction avait en effet
ramené le sourire sur les lèvres de ses parents.

DESTRUCTION DE SODOME. — Après la délivrance de Loth par Abraham, Loth continua
d'habiter Sodome, dont la corruption était arrivée à un point tel que la justice céleste résolut
de détruire cette ville ainsi que Gomorrhe ; mais
Dieu, se souvenant de son serviteur Abraham,
voulut faire grâce à Loth. Trois étrangers se

présentent devant les tentes d'Abraham qui,
après avoir rempli envers eux les devoirs de
l'hospitalité, les accompagna sur la route de Sodome, en les adressant à son neveu ; mais deux
seulement de ces voyageurs se dirigèrent vers la
ville infâme. Le Seigneur avait promis à Abraham que si parmi les hommes qu'il voulait châ-
tier, il se trouvait seulement dix justes, il épar-
gnerait en leur faveur ce peuple si coupable.
Loth était assis à sa porte : les deux anges se
présentent, il les supplie d'agréer chez lui l'hospitalité. A peine les a-t-il recueillis, que tous
les habitants, depuis les enfants jusqu'aux vieil-
lards, demandent qu'on leur livre les étrangers.
En vain Loth voulut faire revenir le peuple à
de meilleurs sentiments ; son logis eût été violé
et ses hôtes saisis, si les envoyés célestes n'eussent miraculeusement frappé d'aveuglement et
de stupeur cette populace brutale. Alors, s'a-
dressant à Loth, les anges lui dirent : Si tu as
ici quelqu'un de tes proches, un gendre, des
fils, des filles, sors promptement de cette ville
avec tous ceux qui t'appartiennent, car nous
allons détruire ce lieu. Loth sortit aussitôt pour
prévenir les gendres qu'il avait destinés à ses
filles ; mais ils ne tinrent aucun compte de ses
avertissements. Alors les anges, voyant que Loth

tardait trop à partir et que l'heure de la vengeance approchait, le prirent avec sa femme et ses deux filles, et les ayant conduits hors de la ville : Sauvez votre vie, dirent-ils, ne regardez pas derrière vous ; mais hâtez-vous de gagner le sommet de la montagne.

Loth, effrayé de la distance qu'il avait à parcourir, demanda à l'ange de lui permettre de se retirer dans une petite ville voisine nommée Ségor ; il y entrait à peine qu'une pluie de soufre et de feu tomba sur Sodome et Gomorrhe, et ces villes, leurs habitants et le pays des environs furent consumés et détruits. Dans sa fuite, la femme de Loth, entraînée par une curiosité fatale, se retourna et fut changée en une statue de sel ; cependant Loth, ne se croyant pas en sûreté dans Ségor, se dirigea vers la montagne et se cacha dans une caverne avec ses deux filles.

ABIMELECH PUNI DE DIEU. — Abraham ayant été obligé, un peu après l'embrasement de Sodome, de quitter le lieu où il était pour venir à Gérare, y courut, à cause de Sara sa femme, le même péril qu'il avait couru dans l'Égypte près de Pharaon. Craignant de devenir la victime d'un peuple barbare, à cause de son épouse qui était d'une grande beauté, Abraham résolut de la faire de nouveau passer pour sa sœur. Cette précaution n'eut pas un entier succès. Abimélech, roi de Gérare, ayant ouï parler de l'étrangère, la fit enlever, mais Dieu lui apparut en songe pendant la nuit, et lui ordonna de rendre Sara à son mari. Son ordre fut exécuté, et la sainte famille fut reconduite ensuite jusque hors de l'Égypte, par les ordres du monarque ; elle fut comblée de présents. Abimélech dit à Sara qu'il avait donné à son frère, comme elle l'appelait, mille pièces d'argent, afin qu'elle en achetât un voile pour se couvrir, et pour faire connaître à l'avenir à tout le monde, qu'elle était femme mariée. Abraham en s'en allant pria Dieu pour Abimélech, et Dieu guérit aussitôt toutes les plaies dont il avait frappé ce prince et avec lui toute sa maison.

AGAR DANS LE DÉSERT. — Ismaël, le fils d'Agar, grandissait sous les yeux du patriarche en même temps qu'Isaac qui venait de naître ; mais Sara, s'adressant à Abraham, le supplia d'éloigner le fils d'Agar, afin qu'il n'entrât point en partage avec Isaac. Cette demande contrista le cœur du père des croyants, et l'affection pour son premier-né l'eût emporté sur le désir de plaire à Sara, si le Seigneur lui-même ne l'eût rassuré sur l'avenir d'Ismaël. Il consentit donc à se séparer de son fils et d'Agar. Dès le matin il leur remet l'eau et le pain nécessaires à leur voyage, et ces deux infortunés s'acheminent vers le désert de Bersabée. Agar seule pour protéger son fils, sans autre asile que l'ombre des arbres, se demande avec anxiété ce qu'elle deviendra dans cette solitude lorsque ses provisions seront épuisées. Ce moment fatal arrive. Ismaël haletant, épuisé de fatigue et de soif, ne

peut plus continuer sa route. La malheureuse mère cherche de toutes parts, et, ne trouvant pas une seule goutte d'eau pour rafraîchir le palais brûlant de son fils, elle s'éloigne de lui pour n'être pas témoin de ses souffrances et de sa mort. Le désespoir va s'emparer de son âme, lorsqu'un envoyé de Dieu lui indique une source, et relève son courage par des paroles consolantes.

Elle s'avança ensuite jusqu'au désert de Pharan. Ismaël y grandit et devint très-habile à tirer de l'arc. Il épousa ensuite une femme égyptienne qui le rendit père de douze enfants. Ces enfants devinrent les chefs des douze tribus arabes, qui, toujours errantes et indomptées, ont conservé le caractère indépendant et sauvage de leur père.

SACRIFICE D'ABRAHAM. — Une nouvelle épreuve attendait le cœur paternel et la foi d'Abraham : le Seigneur lui commanda de sacrifier Isaac. A la voix du Tout-Puissant, le patriarche consent à immoler ce qu'il a de plus précieux au monde ; déjà il était prêt à frapper la victime, mais Dieu content de la foi du père et de la soumission du fils, dit à Abraham, par la voix d'un ange :

« Abraham, ne mets point la main sur ton fils. » Un bélier qui se trouvait là, embarrassé par ses cornes dans un buisson, fut substitué à Isaac et offert en holocauste au Seigneur.

MORT DE SARA. — Sara mourut onze ans après. Abraham, après l'avoir pleurée pendant sept jours, la fit enterrer au pays de Goth dans un beau sépulcre. Pour l'inhumer, il acheta une caverne moyennant 400 pièces d'argent. À cette caverne et au terrain environnant se borne tout ce que possédait en propre Abraham dans le pays que Dieu avait promis à sa postérité.

MARIAGE D'ISAAC. — Abraham, étant vieux et pensant à marier Isaac, ne voulut point s'allier avec les filles du pays de Chanaan : il chargea Éliézer d'aller chercher une épouse à son fils Isaac. Le Seigneur, qui m'a fait sortir de la maison de mon père et des lieux de ma naissance, le Seigneur qui m'a promis que ma race posséderait la terre de Chanaan, saura envoyer un ange devant toi, pour que tu trouves une épouse à mon fils, Éliézer, ayant pris dix chameaux, se dirigea vers la ville qu'avait habitée Abraham dans la Mésopotamie. Il y arriva sur le soir, après plusieurs jours de marche ; et s'arrêtant près d'un puits où les jeunes filles venaient puiser de l'eau, il adressa à Dieu cette prière : Seigneur, Dieu d'Abraham, viens-moi en aide

aujourd'hui, je t'en conjure... que la jeune fille
à laquelle je demanderai à boire, et qui m'en
offrira, non-seulement pour moi, mais encore
pour mes chameaux, soit celle que tu destines à
Isaac. Il parlait encore, et voici qu'une jeune
vierge d'une beauté ravissante remontait de la
fontaine après avoir rempli son vase : « Me don-
nerais-tu un peu d'eau à boire? lui demanda
Éliézer. — Non seulement à toi, répliqua la
jeune fille, mais encore à tes chameaux, » et elle
se hâte de remplir les abreuvoirs.

Le serviteur d'Abraham l'admirait en silence,

et priait Dieu que son voyage fût prospère. —
Qui es-tu? lui demanda-t-il ensuite. Y a-t-il
dans la maison de ton père de la place pour
l'étranger? — Je suis fille de Bathuel, fils
de Nachor; il y a dans la maison de mon père
de la place pour l'étranger, et du fourrage
pour les bestiaux. — A ces paroles, le vieux
serviteur se prosterna pour remercier l'Éternel d'avoir béni sa route; il offre en même
temps à la jeune fille, qui se nommait Rébecca,
des pendants d'oreilles et des bracelets en or,
et lui apprend qu'il est serviteur d'Abraham,
frère de Nachor. La jeune fille se hâte d'aller
raconter à sa famille tout ce qui vient de se
passer. Laban, son frère, se précipite au-devant de l'étranger, et lui annonce que tout est
prêt pour le recevoir, lui et sa suite. On lui
présente l'eau pour laver ses pieds, et on l'in-
troduit dans la salle du festin. — Je ne man-
gerai pas, dit-il, avant de vous avoir fait connaître le but de mon voyage. Je suis serviteur
d'Abraham, et le Très-Haut s'est plu à répandre sur mon maître toutes ses bénédictions; il
m'a envoyé chercher une femme pour son fils
Isaac, qui héritera de toutes ses richesses,
dans le pays de son père, et à mon arrivée le
Seigneur me fait rencontrer la fille du frère de

mon maître : apprenez-moi donc, je vous en conjure, si vous voulez m'accorder Rébecca pour le fils d'Abraham ; que s'il en est autrement, si ma demande ne vous agrée pas, dites-le moi, afin que je me dirige à droite ou à gauche. — Le Seigneur a parlé par ta bouche, répondirent Bathuel et Laban, qu'il soit fait suivant ton désir. Voilà Rébecca devant toi, qu'elle devienne la femme d'Isaac. Éliézer offrit alors les plus riches présents à Rébecca, à sa mère, à ses frères, et s'assit à la table de la famille. Dès le lendemain matin, il demanda la permission de retourner dans le pays de Chanaan ; mais le père et les frères lui dirent : Que Rébecca reste avec nous au moins dix jours avant de partir. — Je vous en conjure, ne me retenez pas davantage, il faut que j'aille vers Abraham. — Appelons la jeune fille et demandons-lui une réponse de sa propre bouche. — Ils l'appelèrent donc. — Veux-tu aller avec cet homme ? dirent-ils. — Elle répondit : J'irai. Elle partit accompagnée de sa nourrice et des bénédictions de toute sa famille. — Tu es notre sœur, criaient ses frères, que ta postérité soit nombreuse, et qu'elle domine sur tous ses ennemis.

JACOB ET ÉSAU. — Abraham ne survécut

que quelques années au mariage de son fils Isaac avec Rébecca. Parvenu à l'âge de cent soixante-quinze ans, il mourut, dit l'Écriture, plein de jours, et il fut réuni à son peuple.

Ce ne fut qu'après vingt ans de mariage que Rébecca mit au monde deux jumeaux. L'Éternel lui avait dit : Deux enfants sont dans tes entrailles ; ils seront ennemis l'un de l'autre, et l'aîné sera soumis à son frère. Ces deux enfants furent Ésaü et Jacob.

Le nom d'Ésaü fut donné à l'un des fils de Rébecca parce qu'il était roux et tout velu,

comme s'il eût été couvert d'un *manteau de*

poil. Il perdit par son irréflexion les avantages qui lui étaient réservés comme au fils aîné de la famille. Un jour, qu'il revenait des champs exténué de fatigue et de faim, il pria Jacob de lui permettre de manger d'un plat de lentilles qu'il avait préparé : son frère n'y consentit qu'à condition qu'il lui céderait son droit d'aînesse, et Ésaü, qui n'en connaissait pas toute l'importance, lui en fit l'abandon.

Isaac, qui aimait Ésaü, sentant que sa vieillesse l'obligeait à faire ses dispositions, voulut lui donner sa dernière bénédiction; mais il lui demanda auparavant d'aller lui chercher, à la chasse, des viandes et de les lui préparer. Rébecca forma le projet de faire bénir Jacob à la place d'Ésaü. Par son conseil, Jacob se revêtit des habits d'Ésaü, et mit autour de ses mains et de son cou de la peau de chevreau pour ressembler à Ésaü dont le corps était velu : en sorte qu'à la voix près il pouvait facilement passer pour son frère. Isaac, en effet, y fut trompé, et lui donna sa bénédiction. Ésaü, furieux d'une supercherie qui le privait de ses droits, dissimula d'abord sa colère; mais il s'emporta bientôt en menaces, et jura de tuer son frère aussitôt que leur père serait mort.

Ces projets sinistres ne purent échapper à la

tendresse inquiète de Rébecca : elle se hâta d'en prévenir son fils bien-aimé, le pressa de se retirer en Mésopotamie, chez son oncle Laban ; mais il fallait obtenir l'agrément d'Isaac pour entreprendre ce voyage, et Jacob tremblait d'avoir encouru sa disgrâce par la manière dont il avait surpris sa bénédiction. Isaac, à qui Rébecca avait révélé les desseins du Seigneur, approuva sa conduite, lui donna de sages avis, et le conjura surtout de ne pas prendre pour femme une fille parmi les Chananéennes. Il lui dit ensuite : Lève-toi et pars ; que Dieu te fasse croître, et qu'il multiplie ta race, afin que tu deviennes le chef d'une multitude de peuples. Après avoir reçu de nouveau la bénédiction paternelle Jacob se mit en route pour la Mésopotamie.

Ésaü apprit à se résigner aux volontés de Dieu, qui lui avait préféré Jacob.

ÉCHELLE DE JACOB. — Quatre jours s'étaient écoulés depuis le départ de Jacob, lorsqu'il arriva près d'une ville nommé Luza : la fatigue le saisit ; et comme la nuit était venue, il s'étendit sur le bord du chemin, prit une pierre dont il fit son chevet, et s'endormit. C'est ce moment que le Seigneur choisit pour l'investir de sa dignité de patriarche, et lui faire connaître les hautes destinées qu'il réservait à sa postérité. Pendant son sommeil il vit en songe une échelle qui était appuyée par terre et dont le haut touchait aux cieux, des anges montaient et descendaient sur cette échelle; il y vit aussi l'Éternel, qui lui dit : « Je te donnerai à toi et à ta postérité la terre sur laquelle tu dors, et toutes les familles seront bénies en toi. Je te garderai partout où tu iras, et je te ramènerai en ce pays : car je ne t'abandonnerai pas que je n'aie fait ce que je t'ai dit. »

Cette vision remplit Jacob d'une sainte frayeur.

Que ce lieu est terrible ! s'écria-t-il, *c'est vraiment la maison de Dieu.* Voulant reconnaître la place où il avait été favorisé d'une révélation si consolante, il plaça solidement dans la terre et arrosa d'huile la pierre qui lui avait servi d'oreiller. Dans l'effusion de sa reconnaissance, il promit à Dieu d'être à jamais son adorateur et de lui offrir à son retour le dixième de tous les biens qu'il aurait plu à sa divine providence de lui envoyer.

MARIAGE DE JACOB. — A son arrivée en Mésopotamie, Jacob, apercevant des bergers qui abreuvaient leurs bestiaux, il leur dit : « Mes frè-

res, d'où êtes vous ?—Nous sommes de Caran. —
Ne connaissez-vous pas Laban, fils de Nachor ?
— Nous le connaissons. — Se porte-t-il bien ?
Très-bien, et voici Rachel, sa fille, avec son
troupeau. » Il roula aussitôt la pierre qui cou-
vrait le puits, pour abreuver lui-même les brebis de Rachel, et il se fit connaître à elle. Son
oncle l'accueillit avec joie et l'emmena dans sa
maison. Jacob lui parla de ses motifs pour
quitter le toit paternel, Laban consentit de
bon cœur qu'il demeurât chez lui. Laban sa-
tisfait des soins que Jacob donnait à ses inté-
rêts, lui demanda au bout d'un mois quel sa-
laire il attendait de sa reconnaissance. Jacob
lui offrit de le servir sept ans sans ambitionner
d'autre récompense que le bonheur de devenir l'époux de Rachel à l'expiration de ce
délai. Ces sept ans écoulés, Jacob vit ses es-
pérances bien trompées ; car Laban, voyant avec
peine que sa seconde fille serait mariée avant la
première, substitua le soir Lia à Rachel et, sans
le savoir, Jacob la prit pour femme. Plus tard
Laban accorda Rachel à Jacob, mais à la condition qu'il le servirait encore sept ans. Jacob
eut de Rachel un fils qui fut appelé Joseph.

RETOUR DE JACOB. — Jacob, après la naissance de ce fils, pria Laban de lui permettre

de retourner chez son père. Laban refusa ; mais Dieu ayant ordonné à Jacob de retourner au pays de ses pères, Jacob réunit sa famille et partit immédiatement pour la terre de Chanaan. Laban, instruit de son départ, se mit à sa poursuite avec tous ses gens ; et comme Jacob, embarrassé de ses bagages et de ses troupeaux, ne marchait qu'à petites journées, il l'atteignit le septième jour à la montagne de Galaad.

Mais l'Éternel ne permit pas qu'il exécutât ses projets de vengeance, et lui défendit de rien tenter contre son serviteur. Laban se borna donc à lui reprocher sa fuite précipitée et à réclamer ses dieux, qu'on lui avait dérobés. Jacob protesta contre cette dernière accusation, autorisa son beau-père à fouiller dans ses bagages, et consentit même à ce que l'auteur du larcin, s'il était découvert, fût puni de mort. C'était **Rachel**, qui, à l'insu du patriarche, s'en était rendue coupable. Elle cacha les idoles sous les harnais d'un chameau, et elles ne furent pas découvertes. Laban et Jacob oublièrent les sujets de plainte qu'ils croyaient avoir l'un contre l'autre et se pardonnèrent. Après avoir offert un sacrifice au Seigneur, ils se séparèrent. Jacob continua sa route, et arriva dans un lieu qu'il nomma Mahanajem, ou *camp de Dieu*, parce qu'il y avait vu des anges venir au-devant de lui.

RÉCONCILIATION D'ÉSAU ET DE JACOB. — Ce n'était rien pour le patriarche que d'avoir échappé au ressentiment de Laban, il avait encore à redouter la colère de son frère. Il lui envoya des messagers qu'il chargea des paroles les plus propres à se concilier sa bienveillance. Mais ses serviteurs revinrent. bientôt lui annoncer qu'Ésaü s'avançait vers lui à la tête de quatre cents hommes. Jacob se trouva dans une grande perplexité, ignorant les véritables intentions de son frère et les supposant hostiles. Il partagea ses troupeaux et ses gens en deux troupes, dans l'espoir que, si l'une était attaquée, l'autre au moins pourrait s'échapper. En même temps, il disposa plusieurs petits troupeaux distants les uns des autres; et il donna cet ordre à chaque conducteur : Quand Ésaü, mon frère, te rencontrera; s'il te dit : A qui appartiens-tu? où vas-tu? pourquoi ces troupeaux ? tu répondras : Je suis à ton serviteur Jacob, je conduis de sa part ce présent à son frère; mon maître n'est pas loin de nous. Après cela, il fit passer le gué de Jabboc à toute sa suite et il resta seul la nuit au deçà du torrent. Un ange, sous la figure d'un homme, lutta contre lui jusqu'à l'aube du jour sans le terrasser, et, lui touchant le nerf de la cuisse, la fit aussitôt sécher. Mais Jacob, prenant de nouvelles forces d'une si heureuse blessure, dit à celui qui l'avait blessé et qui voulait se retirer, qu'il ne le laisserait point aller qu'auparavant il ne l'eût béni. L'ange lui ayant demandé son nom, lui dit : Ton nom sera désormais Israël, qui signifie fort. Bientôt Jacob découvrit son frère et les quatre cents hommes qui l'accompagnaient, les femmes et les enfants s'avancèrent ; et lui-même alla au-devant d'Ésaü, en présence duquel il se prosterna sept fois. Ésaü, qui depuis long-temps s'était soumis aux décrets de l'Éternel, se précipita dans les bras de Jacob, et les deux frères versèrent des larmes de joie. Les deux frères, après s'être donné les témoignages les plus touchants d'une affection naturelle, se séparèrent. Ésaü retourna à Séchir dans l'Idumée, où il demeurait ; et Jacob arriva enfin à Sichem, où il bâtit des cabanes pour ses troupeaux et une demeure pour sa famille.

DINA. — Jacob n'avait eu qu'une fille, et ce fut elle qui lui causa le premier de ses chagrins domestiques. A peine Jacob s'était-il fixé dans le pays des Sichémites, que Dina, sans précaution, sans croire même en avoir besoin, sortit pour voir les femmes de Salem. Sichem, fils d'Hémor, roi du pays, frappé de sa grande beauté, l'enleva. Jacob et ses fils voulurent une réparation. Siméon et Lévi, deux fils de Jacob, entrèrent à Salem, qui portait aussi le nom de Sichem; ils livrèrent cette ville au pillage, l'incendièrent, massacrèrent les habitants mâles et firent le reste prisonnier. Dina fut ramenée à la maison paternelle.

JOSEPH VENDU PAR SES FRÈRES. — Dieu mit encore le cœur paternel de Jacob à de cruelles épreuves. La prédilection que Jacob marquait à Joseph, l'un de ses fils, attira à celui-ci la haine de ses frères. L'aversion de ses frères s'accrut encore lorsqu'un jour Joseph leur raconta un songe qu'il avait eu : il lui semblait, dans ce rêve, qu'ils liaient tous ensemble des gerbes dans un champ; que sa gerbe s'étant levée et se tenant droite, les gerbes de ses frères l'environnaient et l'adoraient. — Est-ce que tu seras notre roi? s'écrièrent ceux-ci dans leur colère. Il eut encore un songe, et il le raconta à ses frères : — J'ai rêvé, leur dit-il, que le soleil et les étoiles m'adoraient. Jacob lui reprocha paternellement ces idées présomptueuses, et cependant il ne pouvait s'empêcher d'en être frappé et d'y songer profondément.

Les frères de Joseph, irrités, méditèrent la vengeance. Ils faisaient paître leurs troupeaux près de Dothium; Jacob y envoya Joseph pour savoir des nouvelles de ses frères. Joseph, sans défiance, se rendit près d'eux; dès qu'ils l'aperçurent : — Voici, dirent-ils, notre songeur qui vient! et ils résolurent de le tuer. Ruben, un des frères, qui voulait sauver Joseph, les détourna de ce crime en leur représentant que, sans répandre le sang d'un frère, ils pouvaient le jeter dans une citerne de ce désert. Cet avis prévalut. Joseph fut dépouillé de sa robe, que Jacob avait pris plaisir à lui faire faire d'un tissu de plusieurs couleurs; on le descendit dans une vieille citerne desséchée, puis ses frères l'en retirèrent pour le vendre, moyennant vingt pièces d'argent, à des marchands ismaélites et madianites qui par hasard passaient par le même chemin où ils étaient. Ces frères dénaturés trempèrent dans le sang d'un chevreau la robe de l'infortuné, et l'envoyèrent à Jacob en lui faisant dire : — Voici une robe que nous avons trouvée; voyez si c'est celle de votre fils. Jacob l'ayant reconnue, se livra à une profonde douleur.

Cependant les marchands qui avaient acheté Joseph le vendirent à Putiphar, officier du palais de Pharaon. Protégé par le Seigneur, Joseph gagna la confiance de son maître, qui lui donna toute autorité dans sa maison, et lui confia l'administration de ses biens.

CHASTETÉ DE JOSEPH. — La femme de Putiphar ayant conçu pour Joseph une passion criminelle, elle trouva Joseph ferme dans la crainte de Dieu et dans le respect pour son maître. Alors elle devint l'implacable ennemie de Joseph ; elle l'accusa près de Putiphar. Celui-ci entra dans une grande colère contre Joseph et le fit mettre en prison ; mais Dieu assistant Joseph, il se concilia l'affection des gardiens de la prison. A cette époque, deux officiers du roi, l'un son échanson, l'autre son grand-panetier, encoururent la disgrâce de leur maître, et furent mis dans la prison où était Joseph ; tous deux eurent, la même nuit, un songe qui les effraya, et ils le racontèrent au jeune Hébreu.

Le grand-échanson avait vu devant lui un cep de vigne, d'où sortirent trois rejetons, puis des boutons, puis des fleurs, enfin des raisins mûrs, qu'il pressa dans la coupe de Pharaon. Joseph interpréta ainsi ce songe : — Les trois rejetons sont trois jours, et dans trois jours Pharaon se souviendra de vous ; il vous

rétablira dans votre charge , et vous lui pré-
senterez la coupe comme par le passé : seulement souvenez-vous de moi dans votre faveur,

et parlez en ma faveur à Pharaon. Le grand-
panetier avait rêvé qu'il portait sur la tête
trois corbeilles de pain blanc et de pâtisserie,
puis que les oiseaux venaient becqueter ce qui
était dans ces corbeilles. A celui-ci, Joseph répondit : — Les trois corbeilles sont trois jours ;
ainsi, dans trois jours, Pharaon se souviendra
de vous, mais pour vous faire attacher à une
croix, et les oiseaux du ciel déchireront votre
chair. Trois jours après, les deux prédictions

s'accomplirent : le grand-échanson rentra en grâce, et le grand-panetier fut mis à mort.

L'échanson oublia Joseph, dont la captivité dura encore deux ans. Dans ce temps Pharaon vit en songe sortir du Nil sept vaches belles et grasses, et ensuite sept vaches laides et maigres qui dévorèrent les premières : s'étant endormi, il vit sept épis très-pleins et très-beaux qui s'élevaient sur une même tige ; il en vit aussi sept autres qui étaient vides et desséchés, puis les maigres épis dévorèrent les sept autres. Agité par ce double rêve, Pharaon envoya consulter tous les sages et les devins de son royaume ; nul ne put donner une interprétation satisfaisante. Le grand-échanson se souvint alors de Joseph ; il raconta au roi la manière dont il avait expliqué son rêve et celui du grand-panetier. Pharaon donna aussitôt l'ordre de le faire venir. Joseph parut devant le roi. Pharaon lui dit : — Vous savez, dès que l'on vous a raconté un songe, en donner l'explication ? — Ce n'est pas moi, répondit modestement l'Hébreu, ce sera Dieu qui rendra au roi une réponse favorable. Alors Pharaon lui conta ce qu'il avait rêvé. — Les deux songes du roi, répondit Joseph, signifient la même chose ; Dieu a montré à Pharaon ce

qu'il va faire. Puis il ajouta que les sept vaches grasses et les sept beaux épis annonçaient à
l'Égypte sept années d'abondance qui seraient
suivies de sept années de stérilité, figurées par
les sept vaches maigres et les sept épis desse-
chés. Il conseilla ensuite au roi de confier à
un homme habile l'administration générale des
vivres de toute l'Égypte, puis d'établir dans le
pays des commissaires chargés de lever et d'en-
tasser dans les magasins la cinquième partie de
tout ce que la terre produirait pendant sept années d'abondance, afin de réserver les appro-
visionnements pour les sept années de stérilité.
Pharaon admirait la sagesse du jeune Hébreu,
et, persuadé qu'il était rempli de l'esprit de
Dieu, lui donna l'autorité sur sa maison et sur
toute l'Égypte, lui confia son anneau, le fit
revêtir d'une robe de lin, et lui mit au cou
un fin collier d'or; il le fit ensuite monter sur
un de ses chars, tandis qu'un héraut ordon-
nait à tout le monde de fléchir le genou devant
Joseph.

FRÈRES DE JOSEPH. — Joseph élevé en gloire,
conserva dans son cœur une modération toujours uniforme; il ne pensa pas dans sa grande
puissance à se venger. Les prédictions de Joseph
s'accomplirent. Après sept années fertiles, toute

l'Égypte et toute la terre furent désolées par une grande famine : l'Égypte seule avait conservé du blé, grâce à la prévoyance du fils de Jacob. De tout l'Orient on arrivait dans ce royaume pour chercher quelque soulagement contre les rigueurs de cette famine. La terre de Chanaan ne fut pas épargnée dans cette stérilité extraordinaire. Jacob, ayant entendu dire qu'on ne trouvait du blé qu'en Égypte, y envoya les dix frères de Joseph. Celui-ci les reconnut aussitôt ; mais il ne se fit pas connaître d'eux, et, dans la crainte qu'ils n'eussent traité Benjamin, le plus jeune des fils de Jacob, comme ils l'avaient traité lui-même, il feignit, afin de s'en éclaircir, de les prendre pour des espions venus dans le but de considérer les endroits faibles du pays. Afin de se justifier de ce reproche, ils dirent qu'ils étaient tous fils d'un même père qui était dans le pays de Chanaan avec le plus jeune de leurs frères. Joseph leur dit que pour être assuré que cela était vrai, ils lui laissassent l'un d'entre eux en otage et qu'ils lui amenassent leur jeune frère ; puis il les fit mettre en prison. Au bout de trois jours, il les fit venir et leur parla ainsi : Je garde l'un de vous pour otage ; allez-vous-en, emportez le blé que vous avez acheté pour empêcher votre fa-

mille de périr de faim ; puis amenez-moi le
dernier de vos frères, afin que vos paroles
soient reconnues véritables. En entendant cet
arrêt, les frères de Joseph se souvinrent du mal
qu'ils lui avaient fait ; et ils se disaient entre eux :
Nous souffrons tout ceci, car voyant la douleur
de notre frère, lorsqu'il nous demandait grâce,
nous ne l'écoutâmes point ; c'est pour cela que
nous sommes tombés dans l'affliction. Or ils ne
savaient pas que Joseph les entendait, parce qu'il
ne leur parlait que par un interprète. Il fut touché de leurs plaintes jusqu'au fond du cœur,
et il se retira à l'écart pour verser des larmes.
Les frères de Joseph partirent, et Siméon, l'un
d'eux, fut retenu en otage et reconduit en prison. Arrivés à la première hôtellerie, lorsqu'ils
délièrent leurs sacs pour donner à manger à
leurs ânes, ils furent surpris d'y trouver l'argent qu'ils avaient payé pour acheter du blé.
Lorsqu'ils furent revenus chez leur père, Jacob,
en apprenant l'engagement qu'ils avaient pris,
leur dit : Vous m'avez réduit à être sans enfants ; Joseph ne paraît plus, Siméon est aussi
disparu, et vous voulez encore m'enlever Benjamin ! puis il s'opposa formellement au départ
de ce fils chéri. La famine toujours croissante
obligea enfin Jacob à laisser aller Benjamin en

Égypte avec ses frères. Juda se rendit personnellement garant du retour de Benjamin. D'après l'ordre de leur père, ils emportèrent, indépendamment de l'argent nécessaire à leur achat, celui qu'ils avaient trouvé dans leurs sacs, craignant qu'il n'y eût été mis par surprise et qu'il ne les fît soupçonner de vol et d'infidélité.

JOSEPH RECONNU PAR SES FRÈRES. — Les fils de Jacob partirent donc de nouveau pour l'Égypte, emportant des présents destinés à l'homme puissant qui commandait presque en roi. Joseph ayant vu ses frères, et le jeune Benjamin avec eux, donna ordre qu'on les fît entrer, qu'on tuât des animaux et qu'on préparât un festin : car, dit-il, je veux manger à midi avec eux. L'intendant exécuta cet ordre. Mais, avant d'entrer chez Joseph, les fils de Jacob furent saisis de crainte à cause de l'argent qu'ils avaient trouvé la première fois dans leurs sacs, et ils dirent à l'intendant de Joseph qu'ils rapportaient cet argent. L'intendant leur répondit que cet argent leur avait été volontairement donné, et dissipa leurs craintes en leur rendant Siméon. Après qu'ils furent entrés, on leur apporta de l'eau pour se laver les pieds et l'on donna à manger à leurs ânes. Cependant Joseph arrive ; ils l'adorent en se baissant jusqu'à terre, ils lui offrent leurs présents. Joseph leur demande des nouvelles de leur père, fixe les yeux sur Benjamin son frère, et se hâte de sortir pour aller verser des larmes. Après s'être lavé le visage, il revint et ordonna de servir. On servit à part Joseph et ses frères et les Egyptiens qui mangeaient avec lui, car il n'était pas permis aux Égyptiens de manger avec les Hébreux.

Joseph envoya à ses frères des mets de sa table, mais la portion de Benjamin se trouva cinq fois plus grande que celle de tous les autres. Ce jour se passa dans la joie, et, lorsque les frères étaient prêts à s'en retourner, Joseph fit emplir leurs sacs de blé et remettre leur argent comme la première fois ; mais il commanda de mettre sa coupe dans le sac de Benjamin. A peine étaient-ils à une petite distance de la ville, que l'intendant courut après eux ; il se plaignit de ce qu'ils rendaient le mal pour le bien, en emportant, dit-il, la coupe dans laquelle mon maître boit, et dont il se sert pour connaître les choses cachées. Tous s'excusèrent de ce crime, et ils consentirent à ce que celui qui se trouverait coupable demeurât prisonnier. L'intendant visita leurs sacs, en commençant depuis le plus grand jusqu'au plus petit, et la coupe se trouva dans celui de Benjamin. Alors ils déchirèrent leurs vêtements, chacun rechargea son âne, et ils retournèrent à la ville. Tous supplièrent Joseph de les retenir prisonniers au lieu de Benjamin. Joseph répondit que Dieu, lui ayant donné la science des choses cachées, ne lui permettait pas d'agir avec injustice, qu'il ne retiendrait que celui d'entre eux qui avait pris la coupe et que les autres pourraient retourner dans leur pays. Juda s'approcha alors de Joseph, lui représenta avec émotion la promesse qu'il avait faite à son père Jacob de lui ramener Benjamin, et il lui peignit vivement quelle serait la douleur de ce vieillard s'il manquait à sa parole. Joseph, ne pouvant plus contenir son émotion, fit sortir tout le monde à l'exception de ses frères, et poussant un cri leur dit : Je suis Joseph ! Cet éclat de voix fut entendu des Égyptiens et de la maison de Pharaon. Ses frères furent aussitôt saisis de frayeur et d'étonnement; mais touché de leur abattement et de leur silence, il reprit en ces termes : Approchez-vous de moi, je suis Joseph que vous avez vendu pour être emmené en Égypte; mais maintenant ne vous abandonnez point à la douleur, puisque Dieu m'a envoyé dans ce pays-ci pour votre salut : ce n'est donc pas vous qui m'avez fait venir ici, mais Dieu qui m'a établi l'intendant de Pharaon, le maître de toute sa maison et le dominateur de tout le pays d'Égypte.

Il ajouta qu'ils se hâtassent de porter cette nouvelle à leur père, afin de le faire venir en Égypte avec toute sa famille, tous ses serviteurs et tous ses troupeaux. Il embrassa ensuite Benjamin et ses frères. Pharaon, ravi de tout ce qui était arrivé, leur fit donner des chariots et tout ce qui était nécessaire pour amener de Chanaan en Égypte Jacob et sa nombreuse famille.

JACOB EN ÉGYPTE. — Jacob, en apprenant que Joseph était vivant, et commandait dans toute l'Égypte, remercia le Seigneur : Je n'ai plus rien à souhaiter, dit-il, puisque mon fils Joseph vit encore et que je le verrai avant de mourir. Il était dans sa cent trentième année quand il arriva en Égypte. Joseph vint au-devant de lui et dès qu'il le vit il se jeta à son cou et le tint étroitement embrassé ; il lui conseilla de dire à Pharaon qu'il avait toujours été pasteur, afin de ne pas être retenu à la cour et d'avoir la permission de demeurer dans la terre de Gesen : ce qui fut facilement accordé par le roi. La

famine devait encore durer cinq ans. Joseph
nourrit son père et toute la maison de Jacob
à proportion de ce que chacun avait d'enfants.
Jacob vécut dix-sept ans en Égypte.

MORT DE JACOB. — Lorsque Jacob sentit sa
fin approcher, Jacob conjura Joseph d'aller en
personne transporter son corps dans le tom-
beau de ses pères. Joseph se jeta sur le visage
de Jacob; il répandit beaucoup de larmes. Il
le fit embaumer par les médecins d'Égypte, et,
après l'avoir pleuré plusieurs jours, il pria Pharaon de permettre qu'il portât le corps de son
père dans la terre de Chanaan. Les plus considérables de l'Égypte l'accompagnèrent dans
cette pompe funèbre, ainsi que ses frères. Joseph déposa le corps de Jacob avec celui d'A-
braham et d'Isaac. Lorsqu'il fut de retour,
les frères de Joseph, craignant qu'il ne conservât quelque ressentiment contre eux, lui
firent de nouvelles soumissions, mais il les ras-
sura et promit de continuer à les nourrir, eux
et leurs enfants. Lorsqu'à son tour Joseph se
vit près de mourir, il demanda à ses frères la
même grâce que Jacob lui avait demandée et
les pria qu'ils eussent soin de transporter son
corps dans la terre de Chanaan; ils le lui pro-
mirent, et il mourut âgé de cent dix ans en

ayant commandé quatre-vingts ans à toute l'É-
gypte.

LES NOUVEAU-NÉS DES ÉGYPTIENS. — Les
descendants de Jacob s'étaient multipliés en
Égypte et recueillaient en paix, au sein d'une
heureuse abondance, les bénédictions du Dieu
de leurs pères, lorsqu'une nouvelle dynastie
de rois, oubliant les services du sage Joseph,
étendit sur ses frères une main de fer. Les
Pharaons qui régnèrent alors, arrachèrent
les Hébreux à leurs foyers; on les accabla de
durs travaux, on leur fit bâtir péniblement des
villes. Pour réduire leur nombre, le Pharaon
qui gouvernait commanda de mettre à mort
tous les enfants mâles qui naîtraient et de ne
conserver que les filles. Cet ordre barbare ne
fut point exécuté. Comme on parvint à sous-
traire ces innocentes victimes à la mort, un
second édit de Pharaon porta que les enfants
mâles seraient jetés dans le Nil.

MOÏSE SAUVÉ DES EAUX. — Au milieu de
ces persécutions, un homme de la tribu de
Lévi, nommé Amram, eut de Jocabel, sa
femme, un fils parfaitement beau : elle le tint
trois mois caché; mais dans la crainte de ne
pouvoir le dérober plus long-temps aux re-
cherches, elle aima mieux le confier aux flots

du Nil que de le laisser tomber entre les mains
de ses bourreaux. A cet effet elle enduisit de bi-
tume une corbeille de jonc, puis elle exposa
le petit enfant parmi les roseaux qui bordaient
le rivage, sous la surveillance de sa jeune
sœur. Or, il arriva que la fille de Pharaon,
suivie de ses femmes, vint se baigner de ce
côté; en marchant sur le bord du fleuve, elle
découvrit la corbeille, se la fit aussitôt appor-
ter, et, l'ayant ouverte, elle fut attendrie en
voyant qu'elle renfermait un petit enfant : C'est
un enfant des Hébreux, s'écrie-t-elle. Je ne
l'abandonnerai pas, il sera mon fils; et il por-
tera le nom de *Moïse*, parce que je l'ai *tiré
des eaux*.

La sœur de l'enfant s'étant aussitôt appro-
chée pour lui proposer une nourrice parmi les
femmes des Hébreux, la princesse confia
l'enfant à Jocabel, ignorant qu'elle fût sa propre mère. Le jeune Hébreu grandit parmi
les hommes puissants les plus distingués de
l'Égypte; mais voyant l'affliction des Israélites
pendant qu'il était dans la prospérité, il aima
mieux être affligé avec le peuple de Dieu que
d'être heureux avec ceux qui s'en déclaraient
les ennemis. Il pensa donc à quitter le palais
du roi pour aller trouver ses frères; et ayant

vu un Égyptien qui maltraitait indignement un Hébreu, aussitôt il regarde de tous côtés pour s'assurer qu'il n'est vu de personne, s'élance sur l'oppresseur, le tue et cache son corps sous le sable. Le lendemain il rencontra deux Hébreux qui se battaient. Pourquoi frappes-tu ton frère? dit-il à l'offenseur. — Peu t'importe! répond celui-ci. Est-ce que tu veux me traiter comme l'Égyptien que tu as assommé hier? Ces paroles le saisirent à la fois d'étonnement et de crainte, et il se demandait comment ce meurtre avait pu être découvert. Cependant l'événement ayant été présenté au roi sous les plus sombres couleurs, celui-ci avait déjà fait dicter l'ordre de le saisir et de lui ôter la vie; mais Moïse sortit précipitamment d'Égypte et alla se réfugier dans le pays de Madian, à l'orient de la mer Rouge.

LE BUISSON ARDENT. — Moïse était assis auprès d'un puits, lorsqu'une troupe de bergers osèrent chasser en sa présence quelques jeunes filles qui abreuvaient leurs troupeaux. Moïse en fut indigné: il vola au secours des jeunes filles, il les délivra de la brutalité des pasteurs, il les aida ensuite à tirer de l'eau du puits, et donna lui-même à boire à leurs brebis. Or, ces jeunes bergères étaient les filles d'un prê-

tre du pays. Revenues chez leur père, elles lui
racontèrent ce qui venait de se passer. Le trait
de dévouement du jeune étranger inspira à Jéthro le plus vif intérêt. Il reprocha à ses filles
de ne l'avoir pas amené avec elles, et il lui fit
accepter l'hospitalité. Moïse, charmé de l'ac-
cueil de Jéthro, lui jura qu'il demeurerait avec
lui, et bientôt il devint l'époux de sa fille Sé-
phora, dont il eut deux fils : il donna à l'aîné
le nom de Gessen, *qui est là voyageur*,
parce qu'il était en effet voyageur dans une
terre étrangère ; et il appela le plus jeune
Éléazar, qui signifie *Dieu est mon secours*.
Devenu pasteur de son beau-père, le jeune
Hébreu vit l'Éternel lui révéler sa grande
destinée. Un jour qu'il menait paître ses troupeaux dans le fond du désert, s'étant avancé
jusqu'au pied du mont Horeb, il eut une vision : le Tout-Puissant lui apparut dans un
tourbillon de flamme qui s'élançait du milieu
d'un buisson, sans le consumer ; il s'approchait pour contempler le prodige, lorsque soudain une voix sortie du buisson même l'appela
deux fois par son nom : Moïse, Moïse. — Me
voici, Seigneur. — Garde-toi d'approcher du
buisson. Ote ta chaussure, car le lieu que tu
foules est un lieu saint. Je suis le Dieu de ton

père, le Dieu d'Abraham et de Jacob. Puis
Dieu dit à Moïse qu'il a entendu les cris de
désespoir des Hébreux, et qu'il a résolu de les
délivrer de la tyrannie des Égyptiens pour les
conduire dans une terre délicieuse où coulent
des ruisseaux de lait et de miel. Dieu ajoute
que c'est de Moïse qu'il se servira pour accom-
plir cette haute mission. Moïse s'en excusa
d'abord, mais Dieu le lui commanda de nouveau; et pour l'engager, il lui fit faire sur
l'heure deux miracles : il changea sa verge en
serpent; et le serpent, il le changea en verge.
Il rendit aussi sa main lépreuse lorsqu'il la mit
dans son sein, et il la guérit ensuite. Moïse ré-
sistait encore, enfin il se soumit à la volonté
du Créateur. De retour chez son beau-père,
Moïse lui déclara qu'il était résolu d'aller re-
voir ses frères : Jéthro ne s'y opposa point.
Moïse fit donc monter sur un âne sa femme
et ses deux enfants, et, muni de quelques provisions de voyage, il s'achemina ainsi vers
l'Egypte, portant à la main la verge aux prodiges; Moïse avait quatre-vingt-un ans lorsqu'il entra en Egypte, ce qui dans ces temps
de longévité équivalait à la force de l'âge.

MOÏSE DEVANT PHARAON. — Moïse alla sup-
plier Pharaon de la part du Dieu puissant et

terrible de briser les chaînes qui pesaient sur le peuple hébreu ; mais ce prince cruel, loin d'accueillir de justes plaintes, donna l'ordre de rendre encore plus durs les travaux auxquels le peuple de Dieu était livré. Ce surcroît de peines, provoqué par les démarches de Moïse, excita contre lui, de la part des Israélites, d'injustes murmures. Dieu commanda à Moïse de se présenter de nouveau devant le monarque avec Aaron, son frère, doué d'une grande éloquence. La puissance du Dieu de Moïse éclata bientôt, en effet, dans le palais du monarque : la verge d'Aaron, jetée en sa présence, fut changée en serpent. Le roi fit appeler ses magiciens, qui purent opérer les mêmes prodiges par les secrets de leur art ; mais la verge d'Aaron dévora celle des magiciens. Ce n'était là que le prélude des merveilles que l'Éternel devait opérer pour la délivrance de son peuple.

LES PLAIES D'ÉGYPTE. — Dix fléaux épouvantables, connus sous le nom de *plaies*, frappèrent coup sur coup le monarque rebelle au cri de l'infortune, et répandirent la désolation dans toute l'Égypte. La première plaie fut la conversion en sang de toutes les eaux du fleuve, des ruisseaux, des marais, et même des vases qui contenaient de l'eau ; elle dura sept jours, pendant lesquels les Égyptiens, mourant de soif, furent obligés de creuser le long du Nil pour trouver les moyens de se désaltérer. La deuxième plaie fut une quantité prodigieuse de grenouilles qui couvrirent tout d'un coup le pays, pénétrèrent partout, jusque dans les lits, dans les fours, et parmi les restes des mets. Pharaon commença alors à se relâcher de sa sévérité ; il promit tout, pourvu qu'on le délivrât de ce fléau. A sa prière, Moïse obtint du Seigneur que dès le lendemain l'Égypte serait purgée de ces animaux immondes ; mais, le fléau passé, Pharaon oublia sa promesse, et il ne voulut point laisser partir les Hébreux. Alors la troisième plaie frappa l'Égypte : une nuée de moucherons obscurcit l'air, s'attacha aux hommes et aux animaux, couvrit les champs et les cités. Aux moucherons succéda la quatrième plaie : des essaims de mouches venimeuses souillèrent tout le pays, excepté la terre de Gessen, habitée par les Israélites, et portèrent l'infection jusque dans le palais du monarque. Pharaon revint à repentance ; et il permit aux Hébreux d'offrir des sacrifices à leur Dieu, mais sans sortir du pays. — Cela ne se peut, répond Moïse, car nous devons immoler à notre

Dieu des animaux que les Égyptiens adorent, et dont la mort leur paraîtrait une abomination. — Allez donc dans le désert, dit Pharaon; mais ne dépassez pas les limites que vous avez marquées vous-même, et *priez Dieu pour moi*. Moïse pria donc, et les mouches disparurent. Mais Pharaon ne tint point sa parole; de nouveaux fléaux, plus terribles que les précédents, vinrent alors fondre sur lui : une horrible peste atteignit tout ce qui avait vie, hommes et animaux; les Hébreux seuls furent épargnés. Ce fut là la cinquième plaie. Aaron, en présence de Pharaon, frappe l'Égypte de la sixième plaie en jetant une poignée de cendres au vent; car soudain tous les hommes et tous les animaux sont couverts d'une lèpre épouvantable. Moïse crut que le moment était venu d'obtenir du monarque une promesse définitive. Il va le trouver de nouveau, lui reproche sa perfidie, le menace de maux affreux et de la mort s'il ne consent à laisser partir les Hébreux. Le roi est inflexible. Le lendemain le ciel parut tout à coup sombre, et bientôt une grêle effroyable (septième fléau) et d'une prodigieuse grosseur se précipita comme par torrents au milieu de la foudre et des éclairs. L'Égypte fut remplie de désolation et de deuil : tout ce qui n'avait pu se mettre à

couvert fut écrasé, anéanti ; des milliers d'hommes et d'animaux périrent ; la végétation fut
détruite, les champs dévastés. Mais la grêle ne
tomba point dans le pays de Gessen. Pharaon,
épouvanté de ce désastre, promit encore tout
ce qu'on voulut pourvu que le fléau vînt à ces-
ser. Moïse adressa donc encore des supplica-
tions à l'Éternel, et l'orage s'apaisa. Nouvelle
perfidie du monarque : il mit à ses promesses
des conditions qui les rendaient vaines. Alors la
verge redoutable est levée pour la huitième fois
sur l'Égypte : un vent brûlant souffla pendant
tout le reste du jour et toute la nuit jusqu'au
lendemain, où l'on vit apparaître des nuées de
sauterelles (huitième plaie) qui furent pour les
Égyptiens un nouveau sujet de désolation.
Après un nouveau manque de parole de Pharaon, l'Égypte entière fut plongée dans d'é-
paisses ténèbres (neuvième plaie) ; la terre de
Gessen jouissait seule du bienfait de la lumière.
Enfin le Dieu de Moïse lui commanda de frapper le coup décisif.

L'AGNEAU DE PAQUES. — Lorsque les neuf
premières plaies de l'Égypte ne pouvaient vain-
cre l'opiniâtreté de Pharaon, Dieu, avant la
dixième, voulut que toutes les familles des
Juifs immolassent l'agneau qu'il leur avait été

commandé de tenir prêt ; il régla aussi la manière dont ils devaient le manger, savoir : qu'ils se tinssent debout, qu'ils eussent un bâton à la main, et qu'ils fussent prêts à partir comme des personnes qui font voyage. Ainsi fut instituée la Pâque, qui signifie *passage du Seigneur*. Quand l'époque prescrite fut venue, on fit des aspersions sur toutes les portes avec un rameau d'hysope trempé dans le sang de l'agneau, et chacun se tint enfermé chez soi, ainsi que Moïse l'avait ordonné. Cette nuit-là, la désolation fut grande parmi les Égyptiens ; tous leurs premiers-nés, depuis celui de Pharaon jusqu'à celui de la plus vile esclave, jusqu'aux premiers-nés des animaux, périrent par l'épée de l'ange exterminateur.

Cette fois le coup était trop violent pour demeurer sans effet, et les malheureux Israélites furent enfin écoutés ; un cri affreux retentit dans toute l'Égypte en deuil : — Sortez, sortez promptement, ou nous mourrons tous ! et ils quittèrent leurs demeures, dans les premiers jours du printemps, au nombre de 600,000 au-dessus de vingt ans, armés, organisés, ayant sur leurs épaules leurs sacs, avec des vêtements et des vivres, et précédés par les bestiaux et les bagages. Ils campèrent bientôt sur les bords de la mer Rouge.

PASSAGE DE LA MER ROUGE. — Cependant les Égyptiens, revenus du coup qui les avait frappés, brûlaient d'assouvir leur vengeance. Pharaon se mit à leur poursuite, et, après une marche forcée, il vint se présenter en vue du camp d'Israël. Déjà l'inquiétude s'emparait des Hébreux; un grand nombre regrettaient de s'être aventurés dans ce voyage. Mais Moïse ranima les courages abattus, et leur prédit au nom de Dieu une délivrance prochaine. En même temps, il les fit avancer vers la mer. Moïse étendit sa main sur les flots, et les eaux se divisèrent soudain; le lit de la mer parut à sec de l'un à l'autre rivage. Les enfants d'Israël entrèrent en foule dans la voie miraculeuse, et parvinrent bientôt sur le rivage opposé. Pendant tout le temps de leur passage, les eaux restèrent suspendues de chaque côté comme un rempart solide.

Cependant entraînés par un acharnement fatal, les Égyptiens veulent poursuivre l'ennemi qui leur échappe. Pharaon s'élance dans la mer avec toute son armée; mais bientôt ses chariots lourds et massifs s'enfoncent dans le sable mouvant, les chevaux n'avancent plus, renversent leurs cavaliers. Les Égyptiens veulent fuir, mais en vain : les flots déchaînés à la voix de Moïse se ruent en écumant les uns contre les autres, se mêlent, se confondent au-dessus de leurs têtes, et les malheureux sont perdus sans retour. En ce jour d'éclatante mémoire, la délivrance d'Israël fut consommée.

LA MANNE DANS LE DÉSERT. — Un hymne en faveur de la délivrance du peuple de Dieu fut chanté sur le rivage par Marie, sœur de Moïse, et par toutes les femmes, qui répétèrent le refrain en chœur au son des tambours et des cymbales. Mais, lorsqu'ils furent délivrés de leurs ennemis, les Hébreux murmurèrent bientôt contre Moïse, parce que la faim les tourmentait dans ces solitudes ; mais Dieu, qui ne voulait qu'éprouver son peuple, et l'accoutumer aux privations, ne les laissa pas long-temps en souffrance, et Moïse et Aaron dirent à ceux qui se plaignaient : Ce soir vous aurez de la chair en abondance, et demain du pain à satiété. Aaron parlait encore, quand un nombre prodigieux de cailles vint tomber dans le camp. Le lendemain la surface de la terre, tout autour du camp, parut couverte de quelque chose de menu et comme pilé au mortier, semblable à ces petits grains de gelée blanche qui tombent pendant l'hiver ; à la vue de cette merveille, les Hébreux poussèrent un cri de surprise, et donnèrent le nom de manne à cette nourriture, qui tomba chaque jour pendant quarante ans que le peuple de Dieu demeura dans le désert.

L'EAU DU ROCHER. — Les Hébreux ne tardèrent pas à trouver une autre occasion de murmurer contre Moïse : étant venus à un lieu nommé Raphidim, la disette d'eau excita des plaintes. Mais Moïse ayant frappé une roche de sa verge, il en fit jaillir une source abondante où tout le peuple put se désaltérer.

AMALECH DÉFAIT. — En même temps un des lieutenants de Moïse, Josué fils de Nun, à la tête d'une troupe choisie, mit en déroute la tribu des Amalécites, qui inquiétait les derrières de l'armée.

PREMIÈRES TABLES. — Après un séjour de trois mois dans le désert, les Hébreux arrivèrent à la vallée du Sinaï ; à peine avaient-ils dressé leurs tentes que la voix du Tout-Puissant se fit entendre à Moïse du haut de la montagne, et lui annonça que le moment était venu de donner une loi à son peuple.

Moïse assembla les anciens afin de leur exposer les desseins de l'Éternel. Nous ferons tout ce que le Seigneur a dit, s'écrièrent-ils d'une

voix unanime. Alors le législateur transmit aux
Hébreux l'ordre de se purifier et de se tenir
prêts pour le troisième jour, et il établit à quelque distance de la montagne une barrière qu'il
fut défendu à qui que ce fût de dépasser sous
peine de mort. Le matin du troisième jour une
nuée couvrit le camp des Israélites et fut accompagnée d'un vent impétueux, de pluie et
d'un très-grand orage. Le bruit retentissant des

trompettes ajoutait encore à la terreur qu'in-
spirait aux Hébreux la vue d'un spectacle aussi

extraordinaire , et ils osaient à peine sortir de leurs tentes. Cependant le législateur les conduisit. au pied de la montagne ; Moïse parlait à Dieu, et Dieu lui repondait. Il gravit ensuite la montagne , qui paraissait toute en feu et d'où il s'élevait une grande flamme comme il en sort d'une fournaise embrasée ; mais le peuple écouta de loin les dix commandements que Dieu lui donna de sa propre bouche, et, comme la frayeur les saisissait à la vue de tant d'éclairs, ils prièrent Moïse qu'il parlât plutôt lui-même, et qu'il leur dît de la part de Dieu tout ce qu'il plairait au Seigneur d'ordonner , plutôt que d'être exposés à perdre la vie, si Dieu leur parlait davantage. Moïse écrivit les lois divines dans un livre; il en fit lecture au peuple assemblé, et il scella l'alliance que l'Éternel venait de contracter avec son peuple. Après cela le législateur regagna la montagne, où Dieu l'appelait de nouveau.

FIN DE LA PREMIÈRE PARTIE.

ERRATA.

Page 14, ligne 16, au lieu de *Haraun*, lisez *Haran*.
— 36, — 19, au lieu de *Séchir*, lisez *Seïr*.
— 36, — 20, au lieu de *Sichem*, lisez *Socoth*.
— 38, — 3, au lieu de *Dothium*, lisez *Dothain*.
— 48, — 26, au lieu de *Gésen*, lisez *Gessen*.
— 50, — 23, au lieu de *Jocabel*, lisez *Jocabeth*.

Les *Petits livres de M. le Curé* forment une collection variée d'ouvrages illustrés de charmantes viguettes qui peuvent être mis avec fruit entre les mains de l'enfance et de l'adolescence.

Pour l'*éducation morale*, cette publication offre un grand choix d'historiettes ou contes à la façon du chanoine *Schmid*, inédits, et rédigés par M. l'abbé *de Savigny*, dont les ouvrages d'éducation jouissent d'une popularité méritée.

Pour l'*éducation intellectuelle* : le résumé de l'histoire des peuples anciens et modernes, une série des meilleurs ouvrages classiques, le rudiment des sciences, des arts et de toutes les connaissances usuelles.

Pour l'*éducation religieuse* : l'Histoire de l'Ancien et du Nouveau Testament, l'Imitation de Jésus-Christ, les saints Évangiles et les Beautés de l'histoire du Christianisme, etc.

Pour

14 *francs* 50 c., on devient propriétaire de 50 petits volumes dont on peut faire soi même une intelligente répartition.

60 *francs*, un conseil municipal pourra remettre entre les mains du desservant d'une paroisse, ou d'un chef d'école communale 200 volumes.

110 *francs*, le chef spirituel d'un diocèse ou l'administrateur d'un département aura 400 volumes à distribuer (deux collections entières formant 200 ouvrages complets).

1000 *francs* (remise de 60 fr.), un conseil-général votera une distribution locale de 4,000 volumes, et chaque école participera à la répartition.

La *Bibliothèque du Presbytère*, publiée avec luxe, est placée sous le patronage du clergé, des autorités municipales, des chefs d'institution et des mères de famille.

Il paraît tous les samedis 1 vol. illustré de 10 à 12 gravures. Prix : *trente centimes*.

— Imprimé par Béthune et Plon. —